ROMANCE DO

BORDADO

E DA

PANTERA

NEGRA

RAIMUNDO CARRERO
ARIANO SUASSUNA

ROMANCE DO BORDADO E DA PANTERA NEGRA

ILUSTRAÇÕES DE MARCELO SOARES

ILUMINURAS

CAPA E PROJETO GRÁFICO:
EDER CARDOSO / ILUMINURAS

ILUSTRAÇÕES DE CAPA E MIOLO
MARCELO SOARES

REVISÃO:
BRUNO D' ABRUZZO

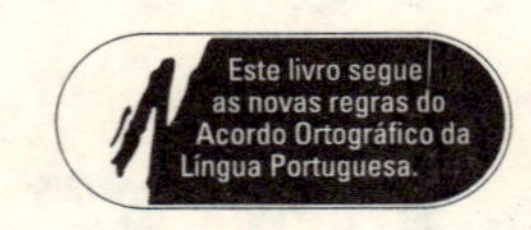

CIP-BRASIL. CATALOGAÇÃO-NA-FONTE
SINDICATO NACIONAL DOS EDITORES DE LIVROS, RJ
C311r

Carrero, Raimundo, 1947-
Romance do bordado e da pantera negra / Raimundo Carrero, Ariano Suassuna ; ilustração Marcelo Soares. - 1. ed. - São Paulo: Iluminuras, 2014.
64 p. : il. ; 18 cm.

ISBN 978-85-7321-456-7

1. Conto brasileiro. I. Suassuna, Ariano, 1927-2014. II. Título.

14-16879 CDD: 869.98
CDU: 821.134.3(81)-8

2014
EDITORA ILUMINURAS LTDA.
RUA INÁCIO PEREIRA DA ROCHA, 389 - 05432-011
SÃO PAULO - SP - BRASIL
TEL./ FAX: 55 11 3031-6161
ILUMINURAS@ILUMINURAS.COM.BR
WWW.ILUMINURAS.COM.BR

SUMÁRIO

PARA ZÉLIA SUASSUNA

CONTO SOME NAS ÁGUAS E REAPARECE CINQUENTA ANOS DEPOIS

RAIMUNDO CARRERO

Escrevi o conto "O bordado, a pantera negra" em 1970, com o propósito claro e objetivo de participar do Movimento Armorial, lançado um ano antes pelo escritor Ariano Suassuna durante o concerto *Do Barroco ao Armorial,* na Igreja de São Pedro dos Clérigos, em Recife. Trabalhávamos juntos na Universidade Federal de Pernambuco, onde conversávamos sobre os caminhos da literatura brasileira e da cultura, em geral. Convivendo com folhetos e xilogravuras, impregnei-me desta manifestação cultural que já fazia parte do meu sangue, porque nasci e me criei no sertão de Pernambuco, frequentando feiras e festas populares, em cumplicidade com artistas e artesãos. Ou atuando como músico da Banda Filarmônica Paroquial de Salgueiro, cidade onde nasci e me criei. Lia folhetos para as pessoas mais humildes e analfabetas, embora possuidoras de incrível criatividade. Devo muito a Salgueiro e a seu povo, com quem aprendi a dignidade, o bom senso e o bom gosto.

As nossas conversas estendiam-se pelos fins de semana, quase sempre na companhia do escritor Maximiano Campos, autor do romance *Sem Lei Nem Rei*, publicado com um longo prefácio de Ariano que esclarece o que é a literatura armorial. Animado por essas conversas e influências escrevi o conto. Foi num sábado – não me lembro da data exata. Acordei atormentado pela história, fui ao jornal Diário de Pernambuco, onde era repórter, e quando retornei à quitinete da Estrada do Arraial, em Casa Amarela, almocei rapidamente, enquanto a mulher dormia, e comecei imediatamente a rabiscar o conto na minha máquina Remington, esforçando-me para não causar muito barulho. Trabalhei a tarde inteira e, ao anoitecer, tinha prontas as quatro páginas com a história. Mas precisava, ainda, cuidar melhor daquilo tudo. A decisão foi imediata: vou mostrar a Ariano.

Quase não pude dormir. Cedo da manhã fui correndo à casa do meu amigo e mestre, como fazia sempre. Nunca escrevia uma única palavra que não mostrasse a Ariano, nem lia sem conversar antes e depois com ele, que me indicava livros constantemente. Conheci Nikos Kazantzákis, o autor de *Zorba, o Grego,* graças a essas indicações. E, deste autor, pediu-me para ler também *O Capitão Mihális (Liberdade ou morte)* e *Os irmãos inimigos,* o que fiz com grande alegria, descobrindo ali personagens grandiosos. Nas conversas sobre *Liberdade ou morte,* Ariano chamou minha atenção para a abertura do romance, destacando a apresentação dos personagens.

– Pense nisso e, se possível, faça exercícios.

Mesmo assim, Ariano tinha um grande cuidado para não impor caminhos aos iniciantes. Bastava a sugestão. Voltamos a falar desse assunto – abertura do romance e apresentação de personagens – várias vezes. Nossas conversas aconteciam na casa dele – o Templo Armorial de Casa Forte –, na Universidade, no veículo que nos conduzia ao trabalho ou então na casa de Maximiano Campos. No entanto, além da questão técnica, ele demonstrava maior preocupação com o sentimento humano da obra. Leu o conto e demonstrou muito entusiasmo, mostrando aos amigos. No dia seguinte, me mostrou um folheto que escrevera a partir do conto.

Comemoramos com outras leituras, brincadeiras e gargalhadas. O conto apareceu, um ano depois, no manifesto Movimento Armorial, que o autor da *Pedra do Reino* lançou para explicar as bases daquela expressão cultural, que os críticos e estudiosos imediatamente confundiram como extensão do Regionalismo. Equívoco enorme. O Movimento, é verdade, proclamava a realização de uma arte erudita com base nas manifestações populares, sobretudo, mas não exclusivamente, nordestinas. De forma que no romance ou no conto, por exemplo, essas manifestações culturais fossem, como são, metafóricas, simbólicas ou imagéticas, e não documento ou "cópia" sociológica e antropológica. A questão é estética. O Folclore, assim, aparece como representativo da condição humana e não como documento da realidade.

O conto "O bordado, a pantera negra" recorre a elementos da cultura popular, mas para representar, metaforicamente, o drama da condição humana, os condicionamentos e a problemática existencial, e não para simplesmente mostrar estes mesmos elementos como ornamentais ou documentais, apenas uma interpretação sociológica ou antropológica, como é muito comum na literatura regionalista.

Pois é, este conto reclamaria mais tarde uma publicação bem ampla, mas desapareceu nas águas: por este período, Recife sofria muito com enchentes que, periodicamente, atingiam a cidade, arrasando tudo, destruindo papéis, livros e originais. Numa dessas, o conto sumiu. Cinquenta anos depois, revelei a questão a meu agente, Stéphane Chao, que decidiu procurá-lo na internet. Os esforços deram bons resultados logo, e ele me enviou um e-mail com o conto e o folheto. Não podia ser maior a minha alegria. Era uma espécie de achado arqueológico.

Agora o conto, o folheto de Ariano e ilustrações de Marcelo Soares chegam à edição que merecem, com o apoio decisivo de Samuel Leon, com seu olho clínico de editor cuidadoso e sofisticado.

O BORDADO, A PANTERA NEGRA

RAIMUNDO CARRERO

O punhal alumiando. Os olhos faiscando no fundo da moita. A noite – pantera negra – esconde o mato. Simão Bugre, cartucheiras cobrindo o dorso, arrasta-se, abrindo caminho. Sente os espinhos enfincando-se no peito. Rasga a pele com a unha fina: o sangue corre. Enfurecido pela dor, esmaga um cacto. Parece uma fera acuada. Recebe a pancada do vento no rosto como se fosse um coice. Agora, a moita está às costas. Não vê as matas se perdendo nos confins, mas tem na mente todos os caminhos e estradas. Perdido entre o silêncio e as trevas está o mundo Santo dos Umãs.

O punhal alumiado parece um espelho. A fera pisa com rigidez, sacode a brutalidade dos seus músculos. O tempo caminha em passos apressados para a madrugada. Antes, o trovão geme atrás das nuvens, depois a chuva despenca, saciando a sede da terra.

Simão Bugre apalpa a arma. Os cabelos de fios ásperos descem, molhados, pelos ombros. Os pés de animal esmagam as pedras. O primeiro trovão confunde-se com o relinchar de um cavalo e com o estrondar do vento. É preciso apressar o passo para chegar logo à serra.

Conceição controla o bordado. De pé, fecha a janela, afasta o frio. Sente o sono dominando seus movimentos. Contempla o dragão que está bordando no pano branco. É um dragão com língua de fogo, olhos de prata, corpo verde.

– Ele chegará ainda agora, para apanhar o capacho. Precisa se tocar para Santo Antônio do Salgueiro.

Simão Bugre, o da cara de pedra, ouve o tropel maluco dos cavalos fantasmas, selvagens, correndo em busca de túmulos. As crinas balançam-se, enxotam o vento. São cavalos de guerreiros mortos em emboscadas. Sabe-se que Visageiro, o cavalo ruço, batalhador de primeira, desembesta-se nas terras Santas dos Umãs, toda meia-noite.

Simão Bugre tem conhecimento disso. Deixa o sorriso se abrir na cara.

O cavaleiro proprietário do cavalo ruço Visageiro, vaquejador de nome conhecido por Elesbão, caiu macio na ponta do punhal de Simão Bugre, por ordem e por destino marcado. Por isso, o sorriso é agora tão largo, tão aberto. E esquece – num instante – a presa que o espera. Senta-se gargalhando, os olhos feitos faíscas. Vê, na mente, como se fosse naquele dia.

Esperou por toda uma noite, o corpo estirado na pedra, um olho dormindo, outro acordado. Tinha muitas estrelas pastando nuvens. O olho dormindo via passar carruagens de fogo, conduzindo Cavaleiros Sagrados, na busca da conquista de terras.

Meia-noite. O tropel surdo esmagou os matos. Rápido, felino, rolou no chão. Escondeu-se na touceira de folhas.

– A vida é mansa na hora da morte.

No zás do pulo, caiu nas costas de Elesbão. O punhal penetrou na carne. Diversas foram as punhaladas. O sangue se derramou pelos ombros. O corpo frouxo arriou sobre o animal. Visageiro soltou um relincho agonioso. Desembestou doido, como se pudesse salvar a vida.

Conceição ouviu os matos gemendo. Dobrou os joelhos aos pés do Santuário. Ave-Maria, cheia de graça, o Senhor... Os dedos macios enxugaram as lágrimas.

– Ele deve estar chegando.

O vento brinca com a chama do candeeiro. Os lábios trêmulos despejam rezas. Conceição, a dos movimentos quase ensaiados, abre com lentidão o Santuário: afaga a imagem de Nossa Senhora de Fátima, beija-a. Encosta-a no peito. E sente que, apesar do frio, o suor está molhando a testa.

O bordado descansa na cadeira. O dragão dos olhos de fogo parece se contorcer. A madrugada de muitos gritos anuncia o homem que chega. Devolve a santa ao seu lugar e esfrega o terço entre os dedos. Chove mais forte, Nosso Senhor Deus? Por que chove mais forte?

A luz do candeeiro quebra-se. As sombras crescem, encolhem-se. As nuvens pesadas engolem a luz. No mato, só terra bebendo água, as folhas das árvores gemendo.

Conceição sabe:

– Ele, agora, desce do cavalo. Antes de entrar em casa, dará uma olhada no curral. Ainda hoje viajará para Santo Antônio do Salgueiro.

Borda o rabo do dragão. Brinca. Torce, retorce. Espera pacientemente pelos urros da noite. Seus olhos encontram o Santuário, pousam no rosto calmo de Nossa Senhora de Fátima.

– São os passos dele, sim. Deve estar se dirigindo ao curral.

O corpo alto, magro, de Conceição, passeia pela casa. Para em frente ao espelho e as suas mãos finas, ósseas, longas, tomam o pente que desliza entre seus longos cabelos negros. Gosta da cor preta, e por isso os olhos – fundos, brilhantes – e o vestido são pretos. Depois, irá preparar a mesa. Ele chegará faminto e cansado. Necessitará recobrar as forças para empreender a viagem.

Simão Bugre espreme os cabelos ensopados. A água escorre. O corpo forte, de touro, não acolhe o frio. Expulsa-o. Ainda rasteja. A chuva continua derramando-se, agitando as árvores, banhando as pedras. A madrugada avança. Volta o trotar angustioso de Visageiro. O mato geme. Existe também a presença das almas penadas, das incendiárias do inferno e do Cão-Coxo, dos dentes de lâmina, bebendo o sangue dos carneiros mansos.

Simão Bugre – dizem as bocas matracas – saiu de uma garrafa. Conceição, esposa de Elesbão, não sabia do mistério do açude. Com a roupa na mão, enxaguada, descobriu a garrafa no miolo da pedra. Tomou-a entre os dedos finos, ósseos, brancos. Em suas mãos, ela cabia na medida exata. A cortiça retirada. Um estampido, um grito, um baque. Simão Bugre saltou pesado, o corpo como um tronco, as unhas de garras, a galhada rompante. A esposa de Elesbão torceu o corpo, caiu num baque de assustar as aves.

Nu, pelado, Simão Bugre dava pulos, fantasiando os gestos. O cheiro de enxofre substituiu o cheiro brando das árvores. As orelhas sacudiam-se agitadas, os olhos eram duas brasas chamejantes. Mesurando em frente à mulher. Dizia agradecimentos.

– Foi a velha mãe do Demônio, malvada. Diga-me: a senhora tem algum desejo, algum forte desejo insaciado?

Não havia voz para Conceição. O medo, punhal rasgante, atravessava-se em sua garganta. Os olhos explodindo no rosto recusavam ver. Insistia Simão Bugre:

– Diga-me: a senhora tem algum desejo, algum forte desejo insaciado?

Ninguém ouviu o trotar lento do cavalo de Elesbão aproximando-se. Ele, no entanto,

chegava. Com ódio viu a mulher conversando com o estranho. Valente, saltou do cavalo. Arrastou a mulher pelos cabelos. Simão Bugre embrenhou-se nos matos.

Quando descobriu a verdade, prostrou-se no arrependimento:

– Conceição, a vida da gente é assim: um dia o diabo morre, outro corre. Está me ouvindo?

Simão Bugre engole a noite, os pés pretos rompem as pedras, as mãos duras rasgam o mato, os ouvidos rejeitam o pio das cobras. O corpo molhado brilha. Por um instante, as nuvens soltam a lua. Os campos mostram-se despidos. Dali ele vê as coxas, os seios, o ventre da terra. Estão estendidos, voluptuosos.

Levanta a testa como um tronco. Brinca com o punhal.

Conceição sai de junto do espelho.

– Acho que ele não vai mais viajar, demora-se demais no curral. A janta faz horas está na mesa.

Nosso Senhor Deus fecha os ouvidos para não ouvir o berro. A porta está no chão, partida. Conceição, que se aproximava do bordado, escangalha os olhos. Simão Bugre,

o da cara de ferro, astuto guerreiro demoníaco, punhal em punho, rasga o seu ventre. As vísceras saltam, uma baba de sangue preto escorre pelos lábios. O dragão do bordado esturra forte, luta como se saísse das entranhas da mulher. Um filho não parido. Estende a língua de fogo, lambe a cabeça de Simão Bugre, os cabelos caem, tostados. Seu corpo verde alumia mais que o punhal. Feras. Força na força. Fogo. Fumaça saindo das ventas do animal bordado. Lutam. Um com o punhal, outro com os mistérios do pano. E um relinchar estronda. Visageiro – o cavalo fantasma, antiga propriedade de Elesbão – salta, coiceando o ar. Tem os olhinhos apertados, o corpo suado. O cavalo mostra os dentes: parece sorrir. Ergue as patas, elegante, bonito. O pelo negro derrama água, suor. O dragão retorce o corpo. Conceição está morta, ensanguentada, a mão sobre o ventre rasgado. Os animais esturram, a casa treme. A chuva volta mais forte, o frio rasgando.

A noite esconde esses mistérios no seu ventre escuro – a pantera negra.

ROMANCE DO BORDADO E DA PANTERA NEGRA

ARIANO SUASSUNA

Folheto inspirado num conto
de Raimundo Carrero, escrito por
Ariano Suassuna e dedicado àquele,
em sinal de estima e admiração.

Desça, Musa aluminosa
do Sertão da minha espera!
Me dê seu fogo de sangue,
sua faísca de Fera,
para que eu cante o Romance
do Bordado e da Pantera!

Meu folheto foi versado
por um caso verdadeiro,
contado por gente ilustre
– que é Dom Raimundo Carrero –
passado na sua terra,
Santo Antônio do Salgueiro.

Morava lá em Salgueiro,
terra braba do Sertão,
um homem vaquejador
que se chamava Elesbão,
casado com uma mulher
por nome de Conceição.

Ali, pelas redondezas,
ele era o maior Vaqueiro.
Seu cavalo, ruço forte,
era o maior dos campeiros,
respondendo pelo nome
valente de "Visageiro".

Ele vaquejava gado,
ela seus panos bordava.
Ele campeava o Mato,
ela pr'os santos rezava.
Se Elesbão era valente,
Conceição alumiava!

Num certo dia esquisito,
Conceição foi ao Açude:
ninguém decifra esse Caso
mesmo que lute e que estude,
pois, quando a Sina decreta,
a Sina não há quem mude!

Ali, ela lavou roupa,
bateu bem e enxaguou.
De repente, numa pedra
muito estranha reparou.
Chegou para perto da pedra,
na Pedra a mão descansou!

Houve um grito, um tiro, um baque,
pois a Pedra se fendeu.
O fogo voou no mundo,
a terra toda tremeu,
e um Ente, Simão Bugre,
nu, na Pedra apareceu!

"– Foi a velha Mãe do diabo!" –
grita à mulher assustada.
"– Foi a velha Mãe do diabo,
foi ela, aquela malvada!
Tenha, aqui, às suas ordens,
minha Sina extraviada!"

"Me diga, minha Senhora
que é dona do Descampado,
se é que a senhora precisa
deste Bugre, seu criado:
a senhora tem algum
forte Desejo insaciado?"

Conceição, apavorada,
olhava sem querer ver.
Foi nesse instante do Diabo
que Elesbão, sem saber,
montado em seu "Visageiro"
entendeu de aparecer.

Vendo a Mulher conversando
com o Homem do esquisito,
partiu logo para os dois:
ia enfrentar o Maldito.
Este embrenhou-se nos matos,
dando fumo e um grande grito!

Ele arrastou a mulher
pelos cabelos, puxando.
Mas ela, toda ferida,
pelas pedras se arrastando,
contou-lhe toda a história,
verdadeira se mostrando.

Ele viu que fora injusto
com sua bela mulher.
Disse a ela, arrependido:
"– Seja como Deus quiser,
venha a Sina como venha,
venha o Diabo que vier!"

“Assim é a nossa vida
quando o Mistério se ocorre.
Um dia, o demônio para,
um dia, o demônio corre,
um dia, o demônio vive,
um dia, o demônio morre!”

Então, dali, Elesbão
partiu para uma viagem,
montado no “Visageiro”
– cavalo forte e visagem –
enfrentando o Mundo doido,
sem lhe faltar coragem.

Conceição a seu marido
ficou em casa esperando.
Então, enquanto esperava,
ficou um pano bordando.
Borda tudo o que já viu
e o que vai imaginando.

Ela controla o Bordado
onde um Dragão vai bordando.
Ele tem o Corpo verde
na prata do Pano branco:
na prata dos olhos doidos,
língua de fogo passando!

Mas, na Serra dos Umãs,
está Simão Bugre, o Cru,
o Punhal alumiado
seu veneno de Urutu
e as cartucheiras cruzadas
em cima do Dorso nu.

Rasga a pele, o próprio Peito,
com a sua Unha afiada.
Pisa as coroas-de-frade,
é uma Fera acuada!
Dá um coice no Destino,
leva do Vento a pancada!

O mato velho se esconde
na noite, a negra Pantera.
O punhal é um espelho
e Simão Bugre é a Fera.
Vai emboscar Elesbão,
vai matar Onça de espera!

O Bugre, o Cara de Pedra,
ouve o tropel de Cavalos.
São Cavaleiros perdidos,
são Cavalos assombrados,
correndo em busca das tumbas
de onde estão extraviados.

Ele espera toda a noite,
naquele Mato entrançado.
Estrelas pastavam nuvens
no céu todo alumiado.
Um olho dele dormia,
o outro estava acordado!

Esse olho que dormia
fazia estranhas Visagens.
Via passar Cavaleiros
em procuras e Viagens,
e via, pegando fogo,
esquisitas Carruagens!

Quando bateu meia-noite,
apareceu Elesbão,
montado no "Visageiro"
com sete rosas na mão.
Simão Bugre, em cima dele,
saltou, surgido do Chão!

O punhal por muitas vezes
corta o Corpo corajoso:
o sangue salta, brilhando,
e ele volta, ferrujoso.
Do "Visageiro" se ouvia
o relincho agonioso!

E Conceição, inocente,
já quase o marido vendo!
O Dragão, em seu bordado,
já está se contorcendo.
"– Que estrondo é esse, no mundo?
Parece que está chovendo?"

Já, na serra, Simão Bugre
mais acende a vista acesa.
Como cobra, sobre espinhos,
o torso em pedra rasteja.
Geme o mato e ele caminha
em busca da outra presa!

O mato queima e estremece,
fogo nas Pedras se cansa.
O trotar do "Visageiro"
volta e nunca mais descansa.
O Bugre enxuga os cabelos
na madrugada que avança!

Desce, com ele, a Presença
das muitas Almas penadas
do Inferno e do Cão-Coxo:
são as almas Condenadas,
dessas de Dentes de lâmina
e bocas incendiadas!

São elas que, nos Currais,
num trabalho sem descanso,
cegam Meninos que nascem,
voam no Fogo do avanço,
sangrando e bebendo o sangue
dos brancos carneiros mansos!

Lá vai o Bugre, na noite,
na trilha do Desacato,
pés pretos rompendo as pedras,
no corpo o suor de Gato,
no ouvido, o piar das Cobras,
mãos duras rasgando o Mato!

Conceição estava em casa,

rezando junto a um espelho.

De repente, a Porta cai,

o Mundo fica vermelho.

E Deus tapou os ouvidos

pra não ouvir "O Sem Conselho"!

Já se vê diante dela

o Bugre, o Cara de Ferro!

O Punhal rasga seu ventre,

o grito, num Grito fero,

o sangue, no Sangue preto,

o ferro no fero Ferro!

E esturra, forte e queimoso,
o Dragão, lá do Bordado!
É o filho não parido,
mas fiado e recriado!
Estende a língua de Fogo
e salta do seu Reinado!

Lambe a cabeça do Bugre:
seu cabelo cai, tostado!
O corpo verde alumia
mais que o punhal do Danado!
É a força da doida Força,
é fogo em Fogo queimado!

Fumaça lhe sai das ventas
e pegam-se, os dois, lutando.
Um se vale do Punhal,
com ele se ensanguentando!
O Dragão, do que se vale,
é dos mistérios do Pano!

E aparece o "Visageiro"
no seu relinchar irado.
Salta, coiceando o Ar,
olhos em brasa, apertados,
as Ventas soltando fogo,
o Corpo em fogo suado!

Arreganhando seus beiços,
mostra os dentes ao Dragão.
O Dragão retorce o corpo
e o corpo de Conceição,
este com o Ventre rasgado
sustido por sua Mão!

Esturram os animais,
O Mato estremece e geme!
Em rinchos e urros danados,
grita quem teme e não teme!
Treme o Bordado ao perigo
treme a terra, a casa treme!

A Chuva, agora, cai forte

na pele da Terra, a Fera!

A noite esconde tudo isso

no ventre escuro da Espera!

A Noite, a Tigre malhada,

a Noite, a negra Pantera!

RAIMUNDO CARRERO (de Barros Filho) nasceu na cidade de Salgueiro, sertão de Pernambuco, em dezembro de 1947. Já conquistou os principais prêmios da literatura brasileira, entre eles, o Jabuti, em 2000, o Prêmio São Paulo, em 2010, e o Prêmio Machado de Assis, da Biblioteca Nacional, por duas vezes, 1995 e 2009. Grande parte de sua obra é publicada pela Editora Iluminuras, inclusive *O delicado abismo da loucura*, que reúne suas três primeiras novelas.

ARIANO (Vilar) **SUASSUNA** nasceu em junho de 1927, na cidade de Nossa Senhora das Neves, atual João Pessoa, capital da Paraíba. Consagrado como um dos mais importantes intelectuais brasileiros do século XX, é autor da peça *O Auto da Compadecida*, maior sucesso de crítica e de público do teatro e do cinema nacionais. Criou o Movimento Armorial, que realiza arte erudita a partir dos emblemas e insígnias do povo brasileiro. Faleceu em julho de 2014, na cidade de Recife (PE).

MARCELO (Alves) **SOARES** é xilógrafo, artista gráfico, poeta e arte-educador. Natural de Olinda (PE), nasceu em 1953, e aos 16 anos já ilustrava, com xilogravuras, os folhetos de seu pai, o famoso poeta-repórter, José Soares (1914-1981). Com o passar dos anos, Marcelo expandiu suas atividades artísticas, incursionando pelo desenho, pintura e música, como letrista e compositor. Como ilustrador, trabalha para diversas editoras e para os jornais *O Globo, Jornal do Brasil, O Pasquim, Jornal do Commércio, Diário de Pernambuco*.

Contatos: marceloalvsoares@gmail.com
www.marcelosoares.org

Este livro foi composto em *Sentinel book* pela *Iluminuras* e terminou de ser impresso em novembro de 2014, nas oficinas da *Graphium gráfica*, sobre papel off-white 90 gramas.